Tadpole Books are published by Jump!, 5357 Penn Avenue South, Minneapolis, MN 55419, www.jumplibrary.com

Editor: Jenna Trnka **Designer:** Anna Peterson **Translator:** Annette Granat

Photo Credits: Eric Baccega/Age Fotostock, cover; Vladimir Melnik/Dreamstime, 1, 10–11; KeithSzafranski/iStock, 2ml, 3; Ingo Arndt/Age Fotostock, 2bl, 4–5; Tom Brakefield/Getty, 2br, 6–7; M. Watson/ardea.c/Age Fotostock, 2tr, 8–9; Biosphoto/SuperStock, 2mr, 12–13; Doug Allan/Getty, 2tl, 14–15; J & C Sohns/Age Fotostock, 16.

Library of Congress Cataloging-in-Publication Data

Names: Nilsen, Genevieve, author.
Title: Las crías de las focas arpa / por Genevieve Nilsen.
Other titles: Harp seal pups. Spanish
Description: Minneapolis, MN: Jump!, Inc., (2020) | Series: Los bebés polares | Includes index. | Audience: Age 3–6.
Identifiers: LCCN 2019001475 (print) | LCCN 2019001847 (ebook) | ISBN 9781641289825 (ebook) | ISBN 9781641289818 (hardcover : alk. paper)
Subjects: LCSH: Harp seal—Infancy—Juvenile literature.
Classification: LCC QL737.P64 (ebook) | LCC QL737.P64 N5518 2020 (print) | DDC 599.79/291392—dc23
LC record available at https://lccn.loc.gov/2019001475

LOS BEBÉS POLARES

LAS CRÍAS DE LAS FOCAS ARPA

por Genevieve Nilsen

TABLA DE CONTENIDO

tadpole en español

PALABRAS A SABER

aletas

bigotes

cría

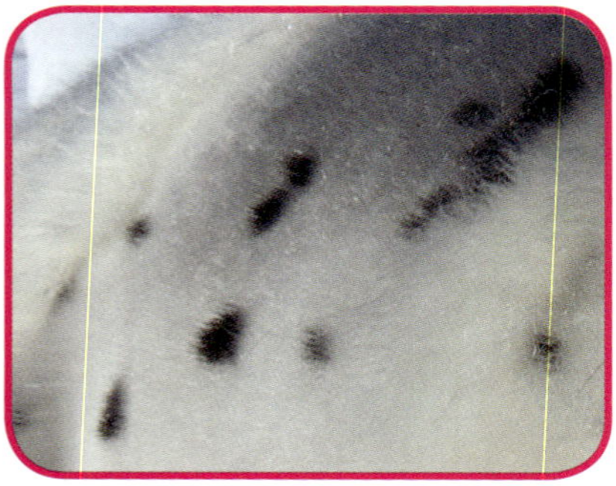

manchas

nieve

piel

LAS CRÍAS DE LAS FOCAS ARPA

¡Mira! Una cría de foca arpa.

nieve
hielo

Vive en la nieve y en el hielo.

La piel la mantiene caliente.

Es blanca.

Tiene bigotes.

Son negros.

Come.

¡Crece!

¿Ves sus manchas?

¿Ves sus aletas?

¡Se va nadando!

¡REPASEMOS!

Las crías de las focas arpa son blancas. ¿Qué más es blanco donde viven?

ÍNDICE